闇の現

中地中

砂子屋書房

*目次

一章　詩集　見えざる門

二章　詩集　真理へ

装本・倉本　修

闇の現《うつつ》

はじめに

1. 故諫川正臣氏へ

（1）感謝を込めて反意を

諫川正臣氏は、『黒豹』の主宰者であり、詩の世界に入り最初に数々のアドバイスを賜った師である。諫川氏は尼崎安四氏[1]の指導を受けたと自負されて、その言動が随所に現れていた。諫川氏の詩の創作活動はいたってシンプルであるが、その軸はまったくぶれなかった。詩作の留意点として、自分の言葉で語ること。徹底的に言葉を研ぎ澄ませること。比喩は避ける。詩の構成は起承転結を踏むことなどである。さらに、詩に「主義主張、主観」つまり思想・哲学を持ち込まないという考えは潔癖なほど貫かれていた。月に一回開かれる合評会の運営は真骨頂であった。出席者は、歯に衣を着せぬ表現で辛辣に批評すること。師であろうとなかろうと一人の詩人として真剣に批評し合うことをモットとした。一つの詩はおよそ三〇行未満であるが、個々の批評に三〇分程度、時間をかけて徹底的に行い、完膚なきまで叩かれる。感じたやこと思ったことを臆せずに発表することで、詩を掘り下げるアプローチの仕方、把握の方法、評価の視点、異なった意見の擦り合わせなど、出席者の様々な洞察、評価スタンスに接することは大いに参考になった。そこでは決して妥協しない死闘の場となり、一貫して真摯の姿勢で貫かれることになる。師は、詩に立ち向かう時は真剣で敬虔であること、これを終始実践された詩人である。

私は数多くのことを諌川氏から学び詩作に臨んだ。しかし心の底流では、師の教えに疑問を感じ続けていた。メンバーの中で最初に（密かに）異見を持ったのは私だと思う。特に詩に思想や哲学を持ち込むことは御法度であり、言語道断であり、師の教えに真正面から反抗することになる。それを確認するために、さらにはその意味を探るために何度か哲学、思想を主体とした詩を合評会に提出した。やはり師のプリンシプルは常に不変でありその考えを堅持されていた。今も師の考えに反抗の決意を持っている。しかしながら先生の教えは私の心に今も突き刺さって、反芻していることも事実である。

（2）故諌川正臣氏の推薦文

ここに生前、諌川氏から頂いた推薦文がある。これから出版する私の拙い詩集のために頂いたものである。諌川氏の気質あふれる厳しい推薦文である。しかし私には最上の激励文と思われる。詩作は厳しく辛い、それを全うする決意を促している推薦文と思われる。ここに記して、諌川氏に哀悼の辞を奉げるとともに、大自然の法則に則られ、シュタイナーのいう死後の天のライフサイクルを歩まれている師に、一千年の後にまた邂逅することを祈念してここに掲げさせて頂きます。

推薦文全文

「中地さんは常に生と死について考察しており、生存の原点である母についても自問自答して詩に寄せる。作品を厳しく批評されても謙虚に受け入れるし、常に若々しい青年の気分を持ち続けて意欲的であるから、地味ではあるが必ずや向上の道を歩まれるものと確信している。諫川正臣」

2. 一章「見えざる門」、二章「真理へ」の狙いと概説

(1) 一章「見えざる門」の位置づけ

この章は実験的試みを詩に託した二章「真理へ」の序章として位置づけている。生命の有限がもたらす不条理、矛盾、葛藤などについて、多面からアプローチし真の像に迫った。しかし、悉く跳ね返された。これだという新たな知見の境地を開けず、こんなものかという斜陽の出来である。あえて公開する意図は、今の私を留めたい。稚拙だが迷走のなかで必死に生きている私を記しておきたい。やがて四肢は朽果て、無に還ってゆく私意。認知する人は一人もいなくなる。そして、何もかも、存在したことさえ風化する。自然の循環作用に生殺与奪されている生物、人間の絶対運命。束の間の時間を生きていると錯誤している人間の哀れ。脳に操られている人間の肉体と意識。有限の時間と制約された不自由な意識。その様は四天王に踏みつけられてもがく天邪鬼を連想させる。これが制約を課せられた人間の生き方かもしれない。

一章のタイトルを「見えざる門」とした。その意味は、見えざるとは、有限の時間の混沌とした世界観を指し、門とは絶対的存在の象徴を指し、門の前に立ち憚り越えることのでき

ない人間を意識してタイトルとした。

（2）二章「真理へ」：実験的試行

有限の時間と生物に制約された人間が、現象、事実、真実を超えた真理を探究する様を捉えて詩に注入した。人間の感情は現象に左右されて喜怒哀楽を繰り返す。無限に体験する現象群が示す事実を私意が認知する。この事実は真実か否か、普遍する真実（この概念をそもそも真実といえるのか）と認定できるか否か、脳の傘下の思惟は探索し試行錯誤を経て決論づける。この決論は自らの意志を起点としない（脳がより上位で）歪められた意思決定であるといえる。さらに残念ながら、ここまでがイデアの範疇と考えられる。つまりイデアは、現象、事実、真実および時間の概念を包含する人間が認識可能な思考域と思われる。そうすると真理はイデアの外、外界に存在することになるが、果たしてそうなのか否か疑問は尽きない。というより、関連する既存の学問は何も明確に整理していない。と言えば言い過ぎかな（浅学な著者ゆえの帰結かもしれない）。そこで、ここでは個の思惟を世界観として、個の思惟の無限なる広がりの範疇に真理が存在すると仮定した。なぜならば、私意、思惟は個の中に留まり宇宙を形成するが、他人の宇宙に参入できないゆえである。私意、思惟には羽根はなく、他の脳の意識に入り込めない（入り込めるのは記号、言葉、文章、音、映像などで置き換えられたもので他の人の私意、思惟に委ねられる間接的で消極的進入）からである。しかし、人工知能はこの問題を克服して意識、思惟の共有化を技術的に可能にする余地がある。人間には完全にお手上げである。

3. 三章「詩の問題認識と提起」

（1）詩の不滅思想への挑戦

三章では、人工知能の侵犯に対抗して、人間の手による詩作の滅亡を防止するために「存続のあり方」の探究を試みた。この章で提案した方策は消極的対応策にすぎない。詩の成長と永続的存在を担保する積極的、根本的方策ではない。はたして人間は、詩の絶対的存続を人間の遺産として裏打ちされた新世界を創造できるのか。種々の疑念を見事に喝破する永遠不滅の普遍理論を構築できるのか、不安要素が多すぎて払拭できていない残滓がある。さらに盲目の直感は次のことを予見している。いずれかの異次元の領域に根本的原理が存在するとしたら、それは退潮著しいが哲学の力を借りなければならない。この考え方のコンセプトは三章「生活の哲学」で述べた三位一体のメカニズムを有機的に駆動しながら、さらに倫理規範を最上位において新境地を開拓していかなければならないと考える。ここからが、これからが出発点である。スタート時点を強く認識して、何らかの糸口を求めるべく「不滅思想」の概念を発表した。

しかし「詩の不滅」への挑戦が、今回公表したフレームワークで必ずしも成功したとは思えない。新たな「詩の原理」の不透明性、不滅思想の危弱性、メカニズムの理論的欠如を起因として認識せざるを得ない。特に、不滅思想の核心は果たして何なのか。「真理へ」の近接手段をかりて哲学的思想の範疇を模索したが、他の要素、情報科学、認知科学、脳科学、言語学、心理学、生命科学（生物学）、宗教学、応用倫理学、場合によっては宇宙学、物理学を含めて一層の探求をしなければならない。その余地は大きすぎる。茫然と立ちつくす人間が見える。いやそうではない、壮大なブラックボックスの前で、今、緒についたばかりである。限られた時間の中で、どこまで解析し再設計が可能なのか、まったく予見できないが全身で使命感を感じている。ともかく、駒を前に進めるしかない。

（1）尼崎安四氏　一九五二年没　「詩は言葉の芸術である」の明言を残す　黒豹一四〇号、追悼号より引用

一章

詩集　見えざる門

たえまなく降りてくる雪
ひとつひとつに哀が交ざる
はるか古からの理が宿り
大地に向けて刺さりくる

純白の色は何を顕じているのだろう

土に溜まり
一瞬のうちにとけてゆく
雪と称するものよ
しばし降り続け

火

暗闇に鎮む仮構の門
茫のなか佇む影
何を見ているのか

他動する脳裡は異次元で独唱する
「荒れる海は私意が狂乱」
「時に溶けて潮になる」

意は波に浮かび時を吸う
風は過ぎ

かの火をゆらゆらと水面に映す

見えざる門はいずこに
(深遠の海が広がる彼方か)
(死したものの聖地、絶滅を詠う彼方か)

潮に流れゆく火
あれはたれの

棲み処《か》

生き物は律動する肉体を形成して
時空を闊歩し
機械の停止は機関を終焉させる
瞬間　意識の火は小宇宙を瓦解して消え
一個の私意を喪失する

奴の棲み処は肉体に潜む私意
貧弱な私意が消え去ろうが
奴は微動だにしない
たかが個体の死

そんなことはどうでもいいのかもしれない

奴は知り尽くしている
人間の意思はどれもこれも同質の泉だと
異質の思惟などましてや絶対的私意などありはしないと
意思の絶対存在は人間の渇望の作為と
決定的事実を隠匿して私意を操る

ゆえに無数に存在する私意
奴の棲む処

脳の奴ら

時は朝を告げにくる
自意識は覚醒を覚え
辺りを陽光が侵してゆく

脳は自動し
認知する万物を異次元の世界に塗装する
我（個）の意識は時間の闇に堕ちて
肉体は獄卒のむじなと化す
抵抗の確執すら点らず
侵食された意識のなかで嗚咽の声門が放散する

否、それさえも知覚の外

機械仕掛けの人間
見えざる暗黒の地こそ我らの意識が領主
下僕を宿命とする人間
所与の沼がはびこり
湖水は思惟を犯して忍び寄る
すべては与件の事象
それを奴は知りつくしている

奴の罪は重い
しかし奴は絶対の隔壁を纏い隔絶する領域で冷笑する
許されない原理と

ここは人間の住む地所
奴の造形した時空で

喜びも
哀しみも
嘆きも
愛も
恍惚も
指図ひとつで変化《へんげ》する
我はなにものなのか
我の個はどこにもないのか
それほどまでも儚いものか

反意の発芽を踏みつけて
畏怖の凌駕を見せつける
絶望に落としこむ真実
極限の恐怖の事実

理性も

倫理も
言語も
文明も
虚構の知的資産
奴が人間の意識と肉体を操作して構築した蜃気楼
ここに真の真理はない
ここは無数の脳を操って捏造した論理が埋め尽くす空間
我の真理は微塵もない

我の個の意識は不存在なのか
不明が鬱積を閉じ込め
永劫に不変の宿命に落とす
ここには不可侵の障壁が横たわる

真理を探究して
パズルの解明を繰り返す希求は人間の業

振り向くと
歪曲の思惟が堆積する過去と
見えざる未来の羅針盤
すぐさま
生物の機械が瓦解して
息絶える

言語で思考する性
終生、奴の下僕
井の中の敗北者

意思は造形物

死への寝室を施錠するのは奴の仕業
（死の与奪は奴の権能）
死の信号が意志に届かない
（ヤツが死ねと命令しないからだ）
生かされている私意
（死ねない愚かさ）
我の意思で
個体さえ殺せない無力さ
（奴の獲物は意思の棲む肉体）

我の意思は肉体に附着して無限の空間に飛球する
奴はどこかにひそんで我の意思を支配し見えない糸で弄ぶ
この意識を使い表舞台の人形に仕立てて画策する
私意は無心の水となりどこまでも流れてゆく

絶対支配者として
我らの私意を愚弄し
満面の勝どきをあげている
反抗の噴煙は骨髄の一片を犯して退散する
反意は根絶し
悟性が生きものの感覚に落ちている
いつもそうだ
いつもの繰り返し

自らの意思のように錯誤させて策動する
すべては奴の私用物

奴は潜在宇宙の征服者
無量の空間に存在する絶対の支配者
奴に勝つ手段は予測不可能な自死
これが唯一逃避する手段

しかし
死は奴の支配下
為す術は露ほどもない
だからあきらめろというのか
それが賢明だと
ふざけるな
奴を完膚なきまで叩き潰す死を
自らの意思で
死の自由を奪取する蛮勇を沸騰させて
自由の死を

高らかに掲げる
しかし奴はどこにいるのか不知が囲う
しかし奴はこの肉体のどこかに潜んでいるはず
しかし探求の手立ては霧のなか
無数の細胞のなかで絶望の底に沈んでいく私意

奴の鉄鎖を切断する術はないのか
諦めるのが賢明の方策なのか
これが人間の限界と
（想像すらできない）無力ゆえ
絡繰人形を演じ表層に染まるのか
これが人間の習性と
すべては奴の造形物と
闇の底に落ちていくのか

骨に刻め

発狂しろ
心臓を掻きむしろ
鮮血を垂れ流せ
おまえの時間は僅か

悲しむ自由を
泣く自由を
嘆く自由を
こうべにしるせ

寡黙の自由を
懊悩の自由を
葛藤する自由を
思惟に留め
絶叫の自由を噛みしめろ
そして言語を語る喜びを記憶に刻印しろ

罵倒する自由は
非難する自由は
怒る自由は
おまえのもの
生の今が今、禁忌は解き放されている

嫉妬しろ
怠惰に生きろ
夢遊にふけろ

おまえの性を曝けだして迷走しろ
たとえ
後悔に卒倒され
責苦に堕ち
絶望が襲い来ようとも
泣きじゃくるのは僅かの時間
そうだ
表層の世界の
華奢に満ちている享楽を感受する自由を身にまとえ

もしも
一分の悔事に迷うならば
我らの唯一の実理
思惟の言葉を綴る興奮に浸る自由を
たとえ人間に巣くう奴の所業だとしても
全身に享受して

喝采を打ち鳴らせ
今、肉体の手のなかにあると体感できるうちに

それとも
時に沈めるのか
中原のどこかにいる己の意思と心中するのか
それならば
骨に刻んで息をとめろ

施為は時のなかの繰言と

阿責の声

肉体の底に邪鬼が棲み
臟物に潜み気配を嗅ぐ

縷々と流れる時の阿責は
私意を犯して邪気の声
みるまに化粧して教唆する

〝奴を殺せ〟
〝鋭利の剣で突き殺せ〟
〝奴は無用の塵だ〟

〝さあ、やれ〟

鼓動を強打して
意志を威嚇する烈火

「それは生への恐怖か」
「死の絶望への畏怖か」

震えることはない
奴を殺そうが
錯乱し嗚咽することはない
剝きだしの情念は
殺しの作為は
傍生の本性だ

心底に隠れた本能の呼号

おまえは地中の鼠
観念しろ
　〝いつぞやの怨念を果たせ〟
　〝虫けらに助勢はない〟
　〝泥まみれにして　すべてを消し去れ〟

愚かな奴めそれもできないのか
ならば
邪鬼に懇願しろ
許しを請え
ひとときの解放を哀訴の連射で切望しろ

〝何もかも壊れてしまう〟と
〝我の意識に取り憑くのはやめてくれ〟と
〝最期のものまでも奪わないでくれ〟と

懺悔

草叢の露仏よ
見ているものは何
視線を探り
重ねても
重ねても
接合しない空間に迷う

おまえの眼は内なる意識を犯して霊魂を締めつける
なぜ私意の言葉を信じない
まやかしの戯れ言と見抜いているのか

この眼を視ない無機物の心眼

そうさ分かっている
虚飾に溢れた口
汚濁の事実に背を向けて
真実を放逸し盲目に落ちる性癖
嫉視の声を拾い
奢侈の蓄積に費やした日々

私意の屍が積もる過去は
徒労の輩と
嘲笑を放ち
まるで風に抱かれる落葉と
焦燥にまみれた灰じんのなかと
蔑んでいるのか

いいや、そうではない
生物の井戸に放り込まれた生贄の習性だと
宿命に監禁された者の妄動だというのか
その挙動は矯飾の仕草に
舞っていたというのか

そのとおりだ
誰もおまえの悩みに耳をかす奴はいない
おまえのために叱責する者もいない
ましてやおまえの思惟を喝破する愚か者は皆無だと思え
幾多の誘惑
堆積した無数の事実と真実
それは、おまえの性と余人の性が従順を演じた虚実

さあ、わめけ
取り戻せない時間が重すぎると

慟哭しろ
現象は時間に潜み霧散したと
悲嘆に堕ちろ
私意は汚泥の湖に落ちて不随の底と
後悔の海に沈んでいけ

これでようやく
自由の空間に解放されると
露仏よ
そういうのか

闇のむこう

闇のむこう
見えざる空間
何があるのか
瀕死の蝙蝠が巣くう洞窟か
それとも辺獄[1]か
奴の試図に狂奔する虚構の場所か
はたまた放浪する小羊が羨望の理想郷か
もしかして真理の空間か
そんなはずない
欣求ゆえのまやかし

卑しい心が非望する蜃気楼
見たい
一瞥の誘惑は全身を舐めつくして
闇のむこうの視診を煽動する
可能ならばこの身からゼーレ(2)を取り出して
あの空間に放ちたい
魅惑の悪魔は幾度も心を漁りにくる

この世に還れずとも
悔いはない
荒んだ心は時間に沈んだ虫けら
今更、惜別は覚えない
脳裡が割れて
思惟が砕けて
自我が木っ端微塵に炸裂すれど

脱け殻の魂塊

たとえ迷妄の流転にはまり
観念の時空に堕ちて
四肢は硬直し
臓腑が破れ
赤い血が垂れても
苦痛を感受する生意はどこかに飛んで
ここにはいない
鼓動を打つ鈍音が響く空間
この物体は私なのだろうか
これでも生きているのだろうか

ここは見えざる辺境
微かな潮音さえ聞こえない

我の魂はどこに
混沌の帳が覆う処
不安の焦躁はどこにもない
なるようになれ
そうだ怠惰に
このまま続け

暗闇の中
幽体がひとつ
常闇の門前で浮揚している
（容姿は間違いなく人の形）
あの人は生きているのだろうか

魂を籾殻にした眼に写るものは闇
一切を隠蔽の色に変えて
全盲のむこうから

⑶

奴の信号が擬音と化して意識に刺さる
両耳は麻薬に侵されて
人知の言葉が聞こえない
奴は不明の衣に隠れ
姿態さえも映らない彼方

見えざる奴は我を自由に操作する
私意も行為も私ではない
奴がそうさせている
私の意志は偽の意志
私の個性は奴の創作

時間の堆積に埋もれるものは
満ちることへの欲求
真理の探求への希求
愛情の火だるま

悲しみに浸る感情
死別の悲嘆
本能さえ
奴の支配下の繰り言
こんな生物になにがある
なに一つありはしない

奴は何者か
夜見の覇者か
ダンテ[4]が迷い込んだ暗闇の森に巣くう悪魔か
私意を瞬時に捕縛して
妖しい姿態で蠱惑《こわく》する
眼光は全身を撫でまわし
思惟は攪乱し天に舞う
『魔女でもいい』
『命を吸いこまれても』

『私意を抹殺されても』
『つゆほども未練はない』
『リリトウ(5)に殺されるならば本望だ』
一瞬の恍惚のなかで死ぬ喜び
卑賤であさましい動物の願い

どうせ奴によって生かされている唖者
微塵の後悔もない

（1）辺獄　キリスト教の辺獄は地獄の一部だが、悪魔は存在せず、洗礼を受けなかった死者の魂だけが住んでいる所　ジョルダーノ・ベルディ『天国と地獄の百科』竹山博英／桂本元彦訳　原書房　二〇〇一年四月五一頁

（2）ゼーレ（Seele 心魂）　心魂の成長時期を指し、個々人の人間の個人的な感情の心の部分を表している。中地中『自問　生意の探求』現代図書　二〇一一年一一月　一九一頁参照

（3）奴とは「私が自分の人生だと思っているものは、実は誰かによって見せられている夢ではないか」その誰かをここでは奴とした。『ユング自伝』河合隼雄　みすず書房　一九七頁　直接引用は拙著『自問　生意の探求』現代図書　二二七頁　詳細には、拙著二二七頁を参照

（4）ダンテ　アリギエーリ・ダンテ　一二六五年イタリア、フィレンツェで出生、一三二一年没。詩人、哲学者、政治家。代表作品には『神曲』『新生』他

ダンテ個人の倫理生活の破綻と懐疑、人間社会一般の倫理的、社会的秩序の混乱。『神曲　ダンテ』野上素一訳　フランクリン・ライブラリー　一九八六年　五頁・七頁の挿絵参照

（5）聖書のリリト（イザヤ書34章）の原形であるリリトゥは、ひややかで夫も子もない「孤独の娘」で、夜歩きまわって悪魔として男を襲ったり、血を飲んだりする悪魔。J.B,ラッセル『悪魔』野村美紀子訳　教文館　一九八四年　八七頁より引用

狂死の苦悩

おまえの死の様相は
悶死と
迷霧のなかの意識は戦慄を映写する

怒髪天を衝き
眼は生血が溢れ滴り
唇は涎を垂れて
鼻はただれ落ち
下肢は腐り
膝は土間を突く

みるまに異形していく我
無意識の意識は昂ぶり
混濁の渦から救いの声を張り上げて放つ
「魂よ破裂して肉魂になれ」
「意識よ発狂して天を覗け」

哀しいかな
無意識の意識は断念にそまり哀願する
せめて雨よ水滴になり
全身を叩け
絶叫の顔に跳ねる快感に
胸に突き刺さる快感に
敗北の魂を投げこんで
束の間の解放をしゃぶれ

しかししかし無意識の意識は徒労を覚醒し

すぐさま香煙を立て
畏怖の火を呼び覚まし
抵抗の意志を焼きつくす

見えない我の死
いつしのびよるのか
息が停まる時
思考が止む時
魂が抜ける時
いつなのか
不安の観念が迷夢を想起する

おい、耳を澄ませ
どこかで
息をとめる輩がいる
菫咲く庭の隅で

誰かが死んでゆく
息絶える傍には犬が寄り添い
横たわる姿態を覗き込んでいる

苦しまず
苦しめず
骸になった死体
ひとつふたつみっつ……

渇望の死

死んでゆけ

死ね
このまま死んでしまえ
誰も彼も
木っ端微塵に
過去に吸いこまれて
死んでゆけ

（おまえの）悩みは
（おまえの）愚かさは
（おまえの）自我は

（おまえの）脳に籠る空間に落ちる

無限の時のなかの有限の時間
潤滑油が乾くまでの刹那
無の時を遊泳する時は
おまえを有限の井戸のなかに閉じ込める
見えないものに踏み潰されたおまえは天を仰ぐ
おまえは時の流人
おまえの生は無数の遺伝子に迷う一個
生の証左はどこにも刻まれず息絶える

その後は
無
風が吹いて
砂埃が道にまい
氷雨が大地に降り

土を刺す刃の音が聞こえて
この情景
悠久に変わらない
ここに時間は流れない
時は人間だけを獲物にする

暗闇の海

暗闇の森に潜む海
視覚は映らない

ここは潮騒が襲ってくる
荒れる海は狂乱しているのか

単調な潮音が悟性を叩き続けている
時に不規則なうねり
闇のなかから
脳裡に

四肢にぶつけてくる
張りつめた感覚は畏怖を緊縛し
いっそう面妖の世界に誘う

あの潮にのまれてしまう

潮の音は彼《か》の声
死んで
死んで
死んで
無量の死者の呻きが潮にのり
臨終の悲鳴に聞こえてくる

真っ暗闇の波間
ぼんやりと灯りが見える
海螢か

浮沈する
海蛍が一つ
二つ
三つ
今にも消えそうに
水面をのぞく青白色の火
あれは海蛍なのだろうか

(悲惨な過去の過重に沈んでいるのか)
(貴重な現象が霧散したというのか)
(残り香はいっそう孤独だと黙示しているのか)
それとも
海の水面にと手招いているのか

ここは海の森

見えるものは暗闇
闇が仮相し見えざる擬態が支配する時空
時に魂を売った静寂が
肉体に吸いついて肌に刺さる

ここは無機物の空間
人臭はいない

闇に踊る

闇のなかで踊る影
やつは何者だ
姿態を闇に隠して
一心に踊るもの
闇のむこうから透けてくる

パーントゥ(1)の化粧を身にまとい
空《くう》のなかで神楽を舞う化身
やつに何があったのだ

そうか
お迎えがグゥソー[2]からやってきたと
藁葺き屋根で鴉が鳴いたのか
今宵が最期だとやつは知ったのか

残滓のちからを振り絞り
せめて生者の時空に
生の刻印をと舞っているのか

いやそうではない
やつの生を
やつの私意が忘我しないために演じているのか

いやそうではない
もっと哀しい真実
人間の製作物は止水に溜まる一滴の泥水と

それをやつは知っている

いやそうではない
今、生を体現する乱舞はラストシーン
見ているものの記憶のフィルムに刻まれるはずのひとコマ
二度と放映されないワンカット
それを奴は知り尽くしている

いやそうではない
もっと悲惨な事実を隠蔽している
やつがひた隠す疑念が不変だとしても
たとえ赤日に晒され恥辱の鞭で打たれたとしても
それは容認できる出来事
そんなものではない
やつが奥底に隠した真実の暴露の可動
驚倒する予見をやつは知覚している

その証左は
生きた罪を食らい開花した疑心
すべてを贖罪するために
宙を舞いながら地獄の閻王を待っている
至上の畏れを心底に秘めて邂逅を希求している

そうだ極限の畏怖は
ヒジムナー[3]に堕ちること
この世の浮幽霊になり
西方の悪霊の集う場所
ティラバンダ[4]の葬所で
毎夜、浮遊跋扈する死霊となり
永劫にイチジャマ[5]の悪霊として
この世で
やつの血族が住むこの地で
浮遊の霊になる恐怖

永劫に
グッソーと無縁の恐怖

どうかお願いだ
黒い犬の死神よ
子の刻(6)の闇に巣くう亡者よ
やつの願いを成就してやれ
やつの渇望の乱舞に免じて

（1）パーントゥとは沖縄県宮古島で古くから行われている厄祓いの伝統的行事
（2）グゥソーとは沖縄地方の方言であの世（死後の世界、来世）を意味している
（3）ヒジムナーとは妖怪の意
（4）ティラバンダとは沖縄県・久高島で風葬が執り行われていた場所
（5）イチジャマとは危害を加える死霊の意
（6）子の刻とは、夜の意味で日没直後から日の出前までをいう。十二支の時刻の意味ではない。この反対語に寅の刻があり、昼の意味で、日の出から日没までをさしている。（前掲、比嘉康雄『日本人の魂の原郷』一九二頁）

私意を放て

充満の響を吹け
生きている証を
天に轟かせ
二つの脚は空気を踏みこんで弾み
面容は青雲になびき
臓腑はときめきの鼓動を叩く
おまえは生き返った
自由の初々しさに躍動する示威を抱け

忘我に潜む土よ

過去に慟哭している意志よ
創造の欠片も不能になり下がった思惟よ
おまえにイデアは壊せない
徒労の海に沈殿する半身不随の習性
探求を追放した罪
怠惰は残香の生気を底土に閉じこめる

しかし今になって
予測不能の衝撃が生起し
曙光がさしてきたと歓喜する肉体
絶息前の最期の機会か
もしかして錯誤の自爆かもしれない
もはや手遅れかもしれない
どうする
汚濁に浸る私意を
怠惰の湖から掬い出す力を振り絞るのか

それならば今がその時だ

さあ、胸を開き
悠久の時空に
私意を放て
さすればイデアを転覆できるかもしれない

浅はかな思惟

真理と教唆して
迷える者を落とし入れる観念は思索の敵
言葉を翻弄して思考に潜り
私意を覚醒させる言語は唯一の味方
主観は本質を見極め
思惟は論理で交渉する

ならば
すぐに行き着く薄っぺらな果実は何か
なぜ真理が見えてこない

既存の垢に埋もれているからか
それとも思惟が陳腐しているのか

希求と資質の落差に絶望して
堕落の温室に逢着し
「何かを知り得んや」[1]と怨嗟して
観念の境地に忍び込み
自死への道は残されていると巧言する私意

時は先回りして待している
資質に悲嘆し
武具の腐食に憤懣が沸騰し
私意を瓦解する時は今と

さあ　潮が満ちている
「物質の空しい形態」[2]を放埒し

思惟を粉砕しろ
宿命の空虚を喝采して
生の淵を越えろ
今が終焉を営為するとき

（1）田辺元哲学選Ⅳ『死の哲学』藤田正勝編　岩波文庫　二〇一〇年　八六頁「マラルメ覚え書き」より引用
（2）佐々木滋子「『イジチュール』あるいは夜の詩学」水声社　一九九五年　三六頁より引用　物質の空しい形態とは、人間の肉体を指す

沢の水に

私の罪はどれほどだろうか
何の罪を犯し続けているのだろうか
生きていることさえそうなのだろうか

沢から滴が溢れ
ゆるやかな石の上の藻
撫でるように濡らして
草むらに落ちる
（時は流れていない）

一枚の蓮の葉に蛙がのぞく
ガサガサとゆらす風の音に
耳をたて
次の風で水の中
いくら探しても
見つからない蛙の眼

空は青々として
雲はゆったりと移りゆき
山々の緑を映える陽
すべては空間にとけて沈む
(時は流れていない)

私の生はこのまま終わってしまうのだろうか
何も見えない
何も聞こえない

何も感じない
自我さえもどこかに
時の自覚に委ねない私の生

あの滴はどこに流れていったのだろう
あの蛙はどこに行ったのだろう
あの雲はどこまでいくのだろう

私の意思は
自然のどこにきえていくのだろうか
私の思惟は
一瞬で絶えてしまうのだろうか

息がとまるこの空間
我をこなごなにして
意識は空気の中に溶けこんでゆくのか

沢の水は
とめどもなく流れて
辺り一面を緊張させている
思惟は塗り込まれ動じない
いつまでも

ひまわりの夢

まぶしい夏
青空に真っ直ぐ伸びるひまわり
心を染めてゆく

ひまわりはかの人の笑顔を写す
あの笑顔
ピアノが奏でるけたたましい旋律の思いを秘し
ひたすらに太陽を仰いでいたのかもしれない

惚けた思惟

虚ろな眼
聞こえない耳
自由の利かない手
時の病に冒されていく

思いとの落差が大きすぎて
焦燥する自責
時の過ぎるのが早すぎたのだろうか
震える心を隠すひまわり
（限界だったのかもしれない）

あの真っ直ぐ伸びるひまわり
もう一度見たい
もう一度触りたい
この手で
この心で

抱きしめたい

ひまわり
それぞれのひまわり
この大地でどんな夢を見たのだろうか
秋にはたくさんの種を土に落として
来夏にはまた甦がえるのだろうか

あふれる死、今も

晴れた日に
人は死に
雨の日にも
人は死ぬ
雪の日に
人は死に
嵐の日にも
人は死ぬ
霜を踏む朝にも
冷たい風が吹く昼のさなかにも

雪がしんしんと降る夜にも
人は死ぬ

いつの日も
死んでいく
みんな
みんな
死んでいく

いつでも
今も
息を止める人がいる

見えない空の下

二章

詩集　真理へ

真理は藪の中と錯誤する性
徒労の巨石は氷解すれども
空砲の砦
真理の不死鳥はいずこに
思惟は無の時空に溶け込んで
縷々と流れる時の呵責に消える
洞窟に沈む者どもの生

真理の住みかは

真理の精気
人間を完膚なきまでに魅了する
不生不滅たる絶対の真理
人界の空間に存在するのか

絶対の真理とは
美しいものか
それとも汚濁のなかに潜んでいるのか
誰かは絶対美には内在しているといい
他の誰かは不調和で朽ちている物に潜んでいるという

絶対の真理は
見えざるものか
それとも無の空間を住みかとしているのか
誰かは生物が創造する無機物のなかに存在しているといい
他の誰かは有限の生き物だけが見る想像のなかに潜んでいるという

古人が観想するは
まやかしか
自己欺瞞か
それとも真か

真理は時空を瞬く間に飛び越え
俗塵に浸る人意を覚醒し
鋭利な爪先で額を突き
半身不随に落とす

その存在は五感を不能にして
無形
無質量
無感触

隔絶を超えて思惟を撃つ

真理の住みか　どこにあるのか

英々と築いた人類の文明は砂埃となり
砂漠の流砂に溜まるのか
成就を欣求する因果の法は朽ち果てた銅鐸と化し
惨敗の白旗を揚げるのか
腹の底から嘲笑している真理に
全霊で請願するも黙視の答礼
そこは縺れる糸をぴんと張りつめ余所者を排斥する空間

いかんや人間は混沌の葦
有限の掟が増幅させてゆく

美しいもの

美しいものは陽
朝夕の大海原は小道具
片鱗を映して
人間をひと飲みにする

美しいものは四季の華々
蓮華は群生のなかに可憐さを讃え
向日葵は蒼穹の空に背伸びして
秋桜は黄昏をひめ暮色に咲く
廂にひかえる寒菊は雪化粧を眺めて

美しいものは森の再生
春の陽は草木を魅惑し繁茂を広げ
初夏は新緑を映す
秋は真紅の色香をふりまき
冬は白雪の装束をまとう
ありったけの感性が吸いこまれてゆく

美しいものは見えるもの
感銘が刺さり細胞に遺る
私意を眩惑する魔力は続かない
すぐさま機械が壊れ破綻する
生物は時の家畜
それだけのこと

『生物界は仮象が生成流転する空間』

『無窮に存在するものは何もない』
美しいものは間違いなく時のなかに存在する

美しくないもの①

美しくないものは朽ちた回廊(1)
雑草は讃美歌を合唱し
乾いた空気は旋律の断片をとどけにくる
生者が奏でる音色ではない
追憶に触れる音色と化して突き刺さる

他者を寄せつけない場所
今も、頬を撫でた風が告知する
《ここは荒んだ魂の安息場所ではない》
《瀕死の者が最期に休息する看護所》

《生あるものは出てゆけ》

時の重さが空間に沈み
鬱の心を掻き立てる

美しくないものは澱んだ空気が囲う古蹟
貴族が集う広場[2]に繋がる隘路
薄明かりの灯が浮かんで
凱旋する武者たちの背中が霞んでみえてくる
凝視するともう一つの街が潜んでいる

石畳の路は霧雨がおおい
不揃いの敷石に足を取られ何度もつまずく
ここは歩く路地ではない
俯きながら過去に還る路
ほら見ろ

おまえにもう一人のおまえがついている

美しくないものはサン・マルコ[3]に繋がる画舫の船繋り
雑踏もやんで
幾回も
幾回も
桟橋を触りに来る小波
まるで生物の作為
単調な波音が辺境の征服者になる

美しくないものは廃城に佇むフォアホーフ[4]
人界の匂香は届かない
雑草のなかに煉瓦の欠片を露出して
往時に誘い込む

無数の戦死者の魂が

時を無知にする空間に浮遊して
今も果てしない戦意を唱える
戦場ヶ原に弔旗を降ろす無念さが透けて見える
ここは空気が緊張し凍っている

この情景は終わらない

これらは感銘を発しない
形而下の無機物が立ちつくして
思惟を引っ張りにくる
なぜこんなにも意思のない物体が刺さってくるのか

美しくないものは時の外に存在するのだろうか

美しくないもの②

美しくないものは闇のなかの飾り窓[5]
老朽の醜さをおしこめ
夜の白昼夢を演じている

深紅のカーテンを並べた窓
きらびやかなネオンが黒闇に映え
重なる影絵が滑稽さを見せ
カーテンの隙間から無邪気な光が漏れてくる

中階に煙草を咥えた小太りの女

肉欲の葬儀を煙にのせ
充血の獲物を漁っている
真赤なドレスに
真赤な唇を突き出し
真っ直ぐ視線が刺さる
足許には生温かい精液にまみれたコンドームが散らばり
夜はこれからと風が告げにくる
人造の映写機は回り続け
典型的なイメージが捏造する場所

無機物のなかで織りなす邪行
情欲の気配が沈殿し
本能の霊廟を埋めつくしている
性行は一瞬の真実かもしれない
パンドーラー(6)は間違いなくほくそ笑む

（1）回廊とはフランスのゴシック形式の代表的建築であるモンサンミシェル修道院の上階にある回廊を指す
（2）広場とはオランダ・アムステルダムのダム広場を指す
（3）サン・マルコとはヴェネツィアの中心的な広場でピアッツァともいわれている。周辺には宮殿や寺院がある
（4）フォアホーフとはドイツ・ハイデンブルグ廃城の主門。半円形のアーチだけが現存している
（5）飾り窓とはオランダ・アムステルダムの売春婦がいる窓を指し、カーテンの開閉で営業可否を告知する
（6）パンドーラー（パンドラ）とはギリシャ神話に登場する魔女で、人類に災いをもたらすために最初に送り込まれた

見えないもの①

見えないものは思惟
思惟は宇宙を携え
無量の私的世界が交通し合う[1]空間
操作する私意は宇宙の孤児

暗闇の樹海にさ迷い
行けども
行けども
一筋の光も灯らない
全盲に嵌る思惟

知覚を喪失する時空
忿怒は沸騰し思惟を瓦解する
脳髄を破裂させる恐怖は逃避を意図し暗闇の深林にはまる
木々は怠惰の異臭を放出して魅惑する

放心する性癖は
生物の習性か
私意の性情か
これでは真理に退廃する
それでも私意は生きている

（1）私的世界が交通し合う　モーリス・メルロ・ポンティ『見えるものと見えざるもの』中島盛夫監訳　法政大学出版局　一九九四年三月　二五頁

見えないもの②

見えるものを侮蔑し
見えないものに未曾有の畏怖を抱き
闇のなかに彷徨《さまよう》もの
本性を踏みつぶして仮装するおまえは人ではない
自演する表層の中原がおまえの舞台
おまえの現象はすべて既知のなか
おまえの企みはすべて露見している

見えないもの③

たわいない生物《いきもの》
無色の
無感触の
空気のなかに
かすかな音もなく
生気が吸いこまれてゆく
見えないものは生命《いのち》
生が織りなす今生の行為は問う

温かい肌に触れ脳裏を陶酔させる喜びは何
嗚咽の歓喜に涙するメロディーは何
生の恍惚に震撼し喝采する私意は何

これらは水泡《みなわ》の飛散かもしれない
ここにも真理はないと知覚は侮蔑するかもしれない
やはり
見えないものは無残な屍のなかなのか

見えないものに埋もれた生のふるまい
一瞬の影絵を映して消える現象
すべては見えないもののなかに

悩みの原点

真理とは何か
はたして存在するのか

真理は
悲しみの涙に憑依しているのか
あるいは快楽の叫びに化粧しているのか
それとも感動の狂喜に呼応するのか

混沌の庭に咲く思惟
迷路のなかの絶望に堕ちろというのか

真理よ
どこにいる
イデアのなかではないのか

貧弱な探求の刃は空《くう》に刺さり
悩みの首謀者はイデアのなかでループする

イデアは錆びた武器と鉦鼓を鳴らす
見えない奴が放言

消える時間①――愛

愛は妄想
愛は戯曲が意図する最上の実技
愛を絶頂にして巣をつくり
子を育む
鴉は間違いなく真実のなかと鳴く

連鎖する生の系譜の舞台
演じる所作の現象は一体感を生起して
時の蜃気楼に溢れ出る充足感
充満の時間は魅惑と化し

生活世界[1]の別離を嫌悪する性癖を造り
個の成長を削ぐ習性を滞積させる

別れは愛着が絶縁する悲しみ
顔を濡らし現象を憂う
愛の時間は真実のなかに落ちて見えないところに

愛は人間の創造と心酔する人意
これは罠
人間の帳に閉じ込める罠
ありありて
ここにも真理はない

（1）生活世界とはLebensweltの意。モーリス・メルロ・ポンティ『見えるものと見えざるもの』中島盛夫監訳　法政大学出版局　一九九四年三月　二七〇頁

消える時間②——死の悩み

死のおののきは非存在の告知
現空間を全身で感じさせ過去にする
死の未来が見えない事象

個の持ち時間が喪失して
機械が破綻する
脳髄は停止し空想ははじける
プシュケ(1)も思惟も私意さえも虚無にする
堆積した現象は現像機が壊れて
無のなかに沈んでゆく

死の別れは絆を分断して連帯が崩れゆく現象
欠乏感を誘因とし
二度と再会できない真実を写す
これは悲嘆かもしれない
（そうではない）
（人間が歪曲した観念の仕業と言い張るもう一つの私意）

戦慄の現象を重畳する性癖は
地に堕ちる習性か
もう懲り懲りだろう

（1）プシュケとはギリシャ語で「いのち」「霊魂」を意味する

消える時間③——自死の選択

凄愴《せいそう》ならば我の生を無に還せ
運命の宣告は『完成不能の私意』を乱発する
無量のなかの一個の意識
（非存在になろうが何の不都合もない）と蟬は鳴きしきる
我の遺伝子は見えざる繫累から現出して
再び無意識の流砂に埋もれてゆく
幇間どもは快楽の果てと遊戯し
おまえの出生などくそくらえと謳う

おまえの出生は見えない空間で疾走し生を喰い漁った
浅薄な生物の悲劇[1]
業因[2]の罪は重い
赦されない罰が意思を束縛しカルマ[3]の掟に堕とす
さあどうする
自死はおまえの自由と
いつでもおまえの手のなかにと

もしかすると
どこかには「賢きぬけ道[4]」があるかもしれないと
表層の先住民は言い放つ

すべてはおまえの自由

（1）罪深い浅薄な生物の悲劇とは、ジャンケレヴィッチ『死』みすず書房　二〇〇九年九月　四五頁を浅薄な生物の悲劇と修正

（2）業因とは結果を招く原因としての行為の意味

（3）カルマとはインド思想のなかの「カルマの法則」で提唱された考え方で「因果応報」を唱えるもの

（4）賢き抜け道とは古代ギリシャのストア派エピクテトスやゼノンが唱えた「ストアの自殺是認論」による三谷隆正『幸福論』岩波書店　一九九二年　九八頁より引用

私意の果実

この私意で
言葉を知り
文字を覚え
思惟に惑う
意識のそばで感覚は全力で精察する

至上の歓喜は
混沌の藪に迷う作為
創造する憔悴の苦痛が臓器を硬直させ
思考の発芽を痙攣に陥《お》とし自縛する作為

時に
私意の作為は稚拙な果実をイデアのなかで出産する
この瞬間
創造する産物に生の快感がわきあがる

これが為しえなかったとしたら
落胆の惨死に値する脅威
これこそが惨憺たる生の徒労
大地に接吻して
全身全霊で許しを乞わねばならない
横臥して慟哭する私意を
真理に向かえない無能の衆生を

無機物の果実

有機物の人間が建立した無機物
スフィンクス
サクラダファミリア
凱旋門
無数に存在するモニュメント
人間の心にリズム（1）を発し続けている物体

無機物が本能を引きつけて
無の存在世界に悟性を閉じこめる
これらの個体は間違いなく現空間に存在している

無機物の存在は時の外にあるはずだ
ならば
有限の生物が無限の個体を創造する事実
人間の人間による独創の資産
想像は実在物を媒介として無限の時を形成する
果実は眩しい光となり弱者の意志を救済する
これは驚愕な事実

しかし真理はここにもない

（1）リズムとは三章1の（1）参照

涙

思惟を知り随喜する涙は事実をつたえ
生きる所行の涙も事実のうちにある
憐憫の涙は真実なのか
それとも利他を演出する奢りなのか

哀しみの涙は自責の訴求
巨石となり思惟を埋めつくして
感情の井戸に放り込む
流れる滴は土中に落ちて懇願すれど
時は無関心に過ぎてゆく

これは現空間の現象
どこにでも溢れている

涙は事実を内在して
真実を担保する
いずれも一片の真実

涙は忘却の潤滑を企て
哀しみを燃え殻にする

レコードの針は擦り切れ
奇妙な音を発して
想いを吸いこんでゆく

無情の作為

人間の作為は蒼白に色づいているのか
怠慢と妥協は垢のごとく沈殿して
湖底を埋めつくし
私意を侵食して後悔の淵に落とし入れる
焦躁は全身を攪乱して絶望を呼応し
創造樹を枯渇する
それらは事実を蠹賊[1]する束
我意の執念は小気味よい時間を生産し
暮色のあと味を残して去りゆく

最も怖ろしいのは華の美しさ
無警戒に心を解き放つ
罹病した人間よ
華の臭いを全身に受容して醜態を洗浄し
束の間の自由に浸れ
たとえ徹底的な錯誤の化身であろうと甘美に違いない
これまでおまえが容認してきた作為の罠だとしても

現象の動作は認識できる
現象から発する無情の思いも認知できるだろう
これらの現象は事実に違いない
しかしこの現象を人間の果実というのか
それは手の中に摑んだと錯誤する愚かさ
湯水のように漏れてゆく様を知れ

ひと時の生の無量の作為
直ぐに風化する作為
この事実は先験的与件
無情の作為

（1）蠹賊《とぞく》とは物事をそこない害することの意味

限界

人間の私意が認知する範疇
ここまでか
生物の機能に制御されている人間よ
脳髄の工作に操られている私意よ
無謀でもいい
現空間のイデアに沈む思惟を飛翔して
異次元に超えてゆけ

人間の性癖
有限の時間が仮想を拡げてゆく

人間のなせる思惟の次元

挑戦して
失敗して
挫折して
再び挑戦して
失敗して
挫折する
何度も挑戦して
失敗して
挫折する
生物の貴重な習性なのか
それとも宿命の性か
この現象は間違いない事実
畏敬な事実とお節介なやつはつぶやくかもしれない

振りむくと事実の屍が時間のなかに死んでいる
事実は生命を削る鉋《かんな》なのか
これも間違いない事実
事実を包含する現実界は人界
時空が制約しイデアのなかに閉じ込められた人間が住む所

真実は時折事実に内在する
この真実は私意の仕業
一個の私意が織りなす行為
一瞬のうちに瓦解する

混沌

思惟
くそくらえ
人間が使い古す思惟に真理はない
観念の方がまだましだ
そこには主観がある
自己だけの主観という私意がある

真理を明証する行為は
不遜な者の奢りだ
人間が語る真理はイデアのなかの論理

その作為は臓器が即製するまやかし
真理は人界に降りてこない

永遠の希求
そうだ
そのとおりだ
絶望だと思え
イデアを漂流する空間にありはしない
生命の大半を消費し
無限の由旬[1]を彷徨い
探求すれど
絶対不滅の理は微塵も見せない
そこは未到の地
生物が入り込めない時空
その証左に
まだ真理の欠片もみえてこないではないか

やはりフレーゲ(2)が真なのか

混迷から不明の淵に落ちこむ事象

（1）由旬とは梵語の音読みで距離を表す単位の意味

（2）フレーゲとは（Friedrich Ludwig Gottlob Frege）ドイツの哲学者で分析哲学の祖。光明は暗黒のなか〜人間の眼には見えない云々

絶望

真理に触れ
真理を解明することは
根源の願い
しかしことごとく自滅する
たとえ個の生に終焉を免除されたとしても
究竟に到達する免罪符はない
暗闇は已然と存在して
ひと筋の灯さえどこにも点らない
感得できない帳が閉鎖して
絶望に閉じこもる私意が幼児のように哭いている

それはおまえかもしれない
いやすべてのおまえ達の私意の墓場かもしれない

絶望の病根は人間の感性が基底と囁く
聞こえないものを聞き
見えないものを見ることができないものに
真理の曙光など見えるはずがないと

絶望は表層の存在を超えて実存の存在を知覚できない生物《いきもの》の病
敗走する絶望感は徘徊する野犬を多産し
積年の悲劇を全身に塗装して
真理の明証にありつけぬ者たちの海に埋もれる
私意は不知という真実を知覚し暗黒の宇宙だと諦観する

これは生物の宿命
人間の運命

絶望から投身①

だから
もしも
万が一にも
真理に触れることができるならば
思惟が壊れ
魂が霧散し
私意が喪失しても
一片の後悔もない
それどころか歓喜の涙に全身を浸し
暗闇の死の淵に

この身を捧げるだろう
たとえ
稲妻のように一瞬であろうとも
虚偽に固められた蜃気楼だとしても
錯誤に落とし入れる罠だとしても
ありとあらゆる作意が張り巡らされていてもかまわない
なぜなら
生物の私意には絶対の真理は永遠の迷宮

絶望から投身②

だから
もしも
万が一にも
スクブス(1)がおまえに真理をみせると囁きかけたら
彼女の吐息を全身に吸い込み
いとも簡単に取引する
たとえ跛行的歓喜であろうとも
たとえザーメンを吸うように私意を抜き去られても
おまえはそうするだろう
それでいいのか

愛しいおまえの不純な塊を売り飛ばすのか
おまえは混沌の恐怖に自暴自失に陥り
あれほど拒絶していた悪魔に
ファウスト[2]のように堕ちるのか

なぜなのだ
それほどまでも終末の恐怖にひれ伏すのは
そうなのか
おまえは自虐に完敗したのか
そして
哀れにも
これが頑愚の私意だと天に示威したのか

（1）スクブスとは、悪魔の一つで、淫魔ともいう。夢の中に現れて性行を行う女性の悪魔を指す
（2）ファウスト（Faust）とはドイツのヨハン・ヴォルフガング・ゲーテの代表作

さらなる混沌①

誰《たれ》かはいう
真理はイデアを超えていると
そうならばイデアの先には何が広がるのか
何が存在しているというのか
見えざる不知の巨像に狼狽して
門前に立ちつくす人影
渾沌の渦に力尽き

探求の意欲は萎え
土中のガマ(1)に落ちてむせび泣く
これが定めと欺瞞して

(1) ガマとは、沖縄地方の方言で自然の洞穴や人工的地下壕を指す。戦争遺跡として多くは地中に現存している。波田野直樹『沖縄幻視行』連合出版 二〇一二年 一一〇頁

ひとすじの希望①

生物が制御する肉体は機能停止を死という
死は肉体を腐食させ
骨になり埃になる
脳髄も同期して思惟は停止する
生物は完全に時のなか

肉体で培う思惟は
観念は
たとえ稚拙な仮像だとしても
一片の真理をまとうならば

永遠に不滅の空間に入り込む
なぜならば真理に時はない
真理は時を超えている
ゆえに悠久に不滅となる

これは例外なき死への反抗の狼煙かもしれない
短命が宿命とする生物への哀悼かもしれない
ここには永遠不滅への羨望の動機が見え隠れする

ひとすじの希望②

この大自然
この大空
この大地
あふれる空気
悠大に存在して
無限にみえる

それは絶え間なく生成する摂理のまやかし
無数の有限が存在して無限を捏造する
すべては時空を道連れに終焉する定め

ムーンボウ(1)は思惟の空間に
存在を希求して痴態を演ずる

無自覚の空間に巣くう思惟は
見えない無に咲いて顔を見せず
しかしこれこそが思惟が産出した無限性
個の映像機が壊れて瓦解するのは思惟の器
有限の生物に運命を委託する無限の脆さ

眼を閉じ
音を消して
脳髄に意識を集め
思惟の望みを聞くと
無限の臭いが迫ってくるかも知れない

(1) ムーンボウとは月虹と言い、月光のもとで現れる幻の虹を意味する。

さらなる混沌②

誰かは告げる
真理が存在する場所には究極の空間が満ち満ちていると
それは「充満する空《くう》(1)」という
そこでは誰もが喝采して手を打ちならし
エーファイ(2)の声に羨望を染み込ませて
マブイ(3)が踊る
「頌歌《しょうか》は緑陰の聖地から天に上る」と

それは真か
猿芝居か

人意を欺く捏造の空論か
それとも
イメージ世界(4)の造物なのか

普遍不易の真理はどこにある
現象のなかにあるはずがない
事実のなかにも潜んでいない
ならば真実のなかか
そこにも真理はない
真理は不可知なのか
それとも人間の怠慢の仕業か
それとも人間が創造主の贅物なのか

稚拙な武器造り
形而上学でさえ抗争の武器になりはしない
ましてや諸刃の剣などとは程遠い

我々は永遠に大敗した
しかしこれだけは真実かもしれない
唯一の真理は
無形のなかから
人間が希求する亡霊を覚醒させて罠をはる
罠にかかる愚かな性は木端微塵を反復する
それは
一個の私意が絶対と錯誤する観念に相対して
拙劣を喝破する行為が敗退する投影を映す

さらに増幅する混沌
思惟は無限の宇宙に解放され
真理はそのなかで浮揚する掟

（1）空とは何もないものではなく、むしろすべての実在がそこから創造されてゆく、というチベット思想の

考え　出所拙著『自問　生意の探求』現代図書　二一八頁

（2）エーファイとはイザイホーの儀式中に神女になる候補者達が唱う声をさす　出典比嘉康雄『日本人の魂の原郷沖縄久高島』集英社新書　一四九頁他

イザイホーとは沖縄久高島で十二年毎の午年に行われる祭祀のことで、島の成女三十歳から四十一歳の者が神女の候補者になり、この儀式を経て神になる。出典前掲一四五頁

（3）マブイとは沖縄地方で使用されている魂の意味

（4）イメージ世界とは「死後の生を仮定するならば、イメージ世界が連続してゆくあの世の存在を、イメージ世界における連続と考えている」とユングは指摘している　出所拙著『自問　生意の探求』現代図書　二一六頁

空漠のなかに

個のなかで連綿と思惟を貪る私意
真理は思惟のなかの亡霊
個の思惟は個のなかで生死し
思惟の生死は真理の生死を剝奪する
思惟と不可分に存在する真理

思惟の産物に絶対の原理は未完成
無数の個に
無数の思惟
無数の未成熟な思惟の空間に真理は点滅する

そして
思惟は瞬く間に亡霊の餌食になる

絶対の真理はどこにある
悠久の海に沈んでいるというのか
それは真理なのか

さあ貧弱なおまえたち
有限の天地と誓約しよう
真理は不可知のなか
ましてや真理を超えるものは
完全に不可知だと
もちろん神と称するあらゆる奴らにも不可知だと

そして絶望の真実を遺伝子に書き記せ
希望はどこにも咲いていない

壺の底に隠されていると(1)

（1）壺の底に隠されているとは、『ギリシャ・ローマ神話I』角信雄訳　白水社　一九六六年　二二頁

詩意

問題提起①

美辞麗句をいくら並べても
虚しさは消えない
文字をいくら削っても
鋭利さは白紙になる
起承転結の様式は
悪女が誘う太古の棺
韻律は文字と音の
伏奏の優雅な能楽
それらは表層の塵に溜まる

問題提起②

詩は追憶の記録か
そんなはずはない
驚愕や感銘の記述か
決してそうではない
刹那のメロディに熱情が同調し
悲喜交々の起伏の感情を
貧弱な言葉に変えてどうするというのか
詩はそれほどちんけではない

黙認①

なぜ喝破しない
否と
おまえは深層で知っているはず
人間の言葉では言い表せないことを
表層の下界にうずくまって
仮想の人形になりすまして
息を潜め
暴風雨が通り過ぎるのを待っている

黙認②

そうか
飢えに懼れて
不実の果実を口にして真意を抹殺したのか
思惟のなかの不吉な予感を
知ってしまったのか
絶倫の畏怖に慄くおまえの分身を見てしまったのか

おまえは地下にぶらさがる蝙蝠だと
真理に論破される予覚を憂いて暗闇に沈んでいると

もう時間がない
覚醒しろ
眼を開けて暗闇から飛び出せ

ふつりあいな対策①

脳を捨てろ
誰《たれ》かと密約する奴は
おまえを機械人形に仕立てている
行方不明を演出する黒子を
表舞台に引き出して白日に晒せ

言語を捨てろ
おまえを狭い空間に閉じ込める思慮の根源を断ち切れ

思惟を捨てろ
イデアに籠る不揃いの家具は楚毒の明かしと知れ

そして私意さえも捨てろ
おまえの魂は長い風雨にさらされて無感覚の盲目になってしまった

さあすべてを投げ捨てて
素裸になれ

ふつりあいな対策②

一個の私意よ
勇気をまとい沈痛な声を繰り返せ
現象なんてくそくらえと
無量の事実を捲し立てても虚構の城郭と
たとえ真実とて不要の抜け殻と
真理は小鬼が吹聴するまやかしの道具と

詩意①

詩意とは
真実を灯台にして真理を創造し現すもののはず
それは普遍の君主
絶対の真理であるはず

真理を感受しないものは詩ではない
文章の屍骸
あるいは感傷に浸る人間の垢

詩意②

詩意がめざす終着点は
真理ではない
真理では無意識の意識に勝利できない
真理を超えてゆくものを産出する
これが唯一
脳の策謀を遮断し
個が独立宣言を告知する時
イデアのなかに閉じこめられた私意を遥かな空間に解き放つ手段
生物を差配する遺伝子を書き換える根元

これこそが人間の生意の成就
未来永劫に
連綿と生誕を待ちわびる無限の人間たちに承継されてゆく永久資産
おまえが創造した奇蹟として

おまえの英知は有限の肉体の連鎖のなかに組成される

しかし真理を超えるものとは
不明の闇
臭すら知覚できない

三章　詩の問題認識と提起

1. 詩の滅亡危機が迫っている

（1）問題認識と詩の解釈プロセスの再考

詩とは美しい言葉、巧みな言葉、理解しやすい言葉を使って適切な表現形式で、「何か凝縮されたもの」を、直接的、間接的に、時には複合して訴求する文学である。こう記述すると誤解を招くおそれがあるので、ここで確認しておきたいのは、美しい言葉、巧みな言葉、理解しやすい言葉とは修辞的（レトリック）な表現ではないことを強調しておきたい。レトリックの記述方法については、過去から現代まで生理的と思えるほど拒否反応を示す人が多いのは周知の事実。

ここで言いたいことは、人間が記述する言葉はラッセル[1]のいう「認識的制約にもとづく言語の発し」であるということです。ラッセルは人が把握できる命題は、すべてその人が「見知っている」要素から構成（自分の経験に直接与えられた対象）されるという考え方にそった、そしてそのことに満ち満ちている言葉、言語あるいは記述を指している。この意味は、作者があるいは読者が様々な現象を体験した「仕方」によって表現方法及び理解が変化する。そして表現可能な又は理解しうる領域は作者の実体験の範疇に限定されるというのである。

したがって、体験のなかから露出し、心の底から湧き出た表現であれば、修辞的と誤解されたとしても、それは修辞という行為ではない。ここには読者の受容に関するやっかいな課題が横たわる。(受容の美学で後述)

詩の文中からは余韻を放つ工夫を凝らす。余韻は、詩の中に韻律の構造を創り、受け手側に放たれる。受け手側は記述を読み、あるいは朗読の感触、リズムの流れを受けて頭の中で咀嚼する。余韻は詩の本質であると諫川正臣氏[2]はいう。さらに「水面下のものを余韻で的確に伝えられれば成功である」と述べているほど、余韻を重要視している。余韻を増幅するものとして、言霊を文中に含めることも一つの手段である。

ここでは余韻について再考してみたい。余韻がもつ意味の範囲について、もう少し掘り下げて明確にすべきではないかという自問に応えるためである。余韻を詩のなかに散りばめるという感覚的主張として片づけるには後ろ髪を引かれる思いがする。このことについて澤田は「共振力」という概念を用いて説明している。つまり詩には共振力が内在し、共振力を持たない詩は死体であるというのである。[3]

澤田のいう共振力とは、擬態(模倣や類似のレベルをこえて他の物に成りすます)という行為を通じて、相互に他者になりすまし、他者と共振することで、認識し表現しうる能力をいい、詩には根源的にこういうものを内在していると述べている。ここでいう他者とは自然、自分の中のもう一人の自分、つまり他者およびまったくの他者を指している。

余韻には澤田の言う共振力という概念が潜んでいると述べたが、この考え方だけでは疑問が払拭できない。さらに話を進めよう。
マクルーハン[4]は「芸術家は文化的かつ芸術的挑戦のメッセージを実現することによって衝撃がもたらされる。…中略…そうして間近に迫った変化に立ち向かうためのモデルを、ノアの箱舟を築く」と述べている。衝撃とは新奇なものではなく、身体の中で生ずる振動であり、この振動によって感覚がもたらされるという。これは詩が与える衝撃がノアの箱舟に到達するという意味と考えられる。共振力のレベルを超えて振動のレベルに深化した考え方を提唱した。

さらにドゥルーズ[5]は「振動はあらゆる領域の境界を超え、すべての領域を横断する生の力」といい、振動と生の力の結合体が視覚や聴覚よりも、もっと深いところを流れる「リズム」となると述べている。ドゥルーズによると、リズムは均質な時間の中ではなく、異質性のブロックを重ねることにより作用する、つまりもたらされるという。リズムは複数の瞬間の統合であり、二つの環境の間、あるいは環境の間のさらにはその間に生ずると述べている。ドゥルーズは、リズムは異なるものの間に関係性を打ち立て、両者の交通を可能にするものと結論づけたのである。

交通[6]とは、芸術（詩）における創造性の様態、単交通（ＡからＢ）、双交通（ＡとＢ）、異交通（ＡとＢからＣ）という概念を包含している。この意味は、なにがしかの（あいだ）のやり取りのことをいい、例えば「存在と無」「現在と過去」との（あいだ）などを指している。

さらに詩中のなかに存在する感覚について、当初の状態から、より高次のレベルである擬態化の状態へ移行するとともに、文字表現によって感覚存在として実現すると述べている。ドゥルーズは、感覚の機能について、偶然に外部から訪れる「感覚の暴力によって神経系への打撃」を与え、私たちの身体を別次元へと移行させる。これが新たな世界の見方と新たな思考を獲得すると結語している。そしてその機能はリズムが担い、リズムによって、見るもの（作者）と見られる（自然などの）他者を一体化させると考えたのである。

余韻の意味について整理すると、共振力の概念に置き換え（拡大）られ、そもそも作品とは衝撃を持つべきであるという考えから、共振力を超えて進化し、リズムというレベルに昇華すべきであると述べているのである。

実はここに記述した内容は余韻のレベルを超えて、詩の創造領域の範疇といえる。そこで詩の範疇について前述した内容に関することを若干述べてみる。入澤[7]は「詩の言葉を意味と音韻性とイメージとに三分して、どこに重点を置くかといった議論はさほど意義はない」と前置きして、小気味の良い持論を展開する。

詩として書かれた語（言葉）は、「伝達的次元の機能」ともう一つ「情動的次元のレベルの機能」がある。伝達的次元とは「伝達的内容によって他の語と結びつき、そこには文法が成立し、また日常論理が成立する」。情動的次元では「情動的内容によって、語と語は呼応し合い交感し合い、思いがけない結合を実現する」。これは情動機能による新しい「文法」の成立、つまり情動における「論理学」が成立するかもしれないと述べている。前述したマクルーハンの「ノアの箱舟を築く」、澤田のいう「共振力」、ドゥルーズの「神経系への打撃」、「擬態」、「リズム」などの概念は、入澤のいう「情動的次元」と捉えると理解しやすいし、胸につかえていたものが払拭できる概念と思える。

詩の解釈プロセスの冒頭では、詩を思索し理解する手掛かりとして、過去に実体験した現象を事実として蓄積している記憶域（脳裡：人間系データベース、以下DBと称す）の情報をひもとく。DBにアクセスして近似と思われる（本能的に無意識の意識が働き）、関連情報を探索して取り出し、空想（連想）感を拡張する。その際、記憶域の中から影響（プラスの影響＝好感として記憶、マイナスの影響＝悪い印象として記憶）度の強い関係性があると思われるシーンを呼応し、詩の受容内容と比較検討しながら理解するという思考行為が行われる。次いで受容内容の仮定義（解釈側として）を模索する。詩が提示した内容と解釈した内容に落差や思い込みや釈然としない状況が残されていても、大枠で納得できれば第一義的（一定時間の経過を必要とする。必要な時間は個人差がある）な仮定義とする。これが一般的な詩の解釈プロセスの中核フレームと思われる。詩の受容から解析、特定化に至る標準的なプロセスには6つの段階を持つと考える。最初のステップは、①詩の提示そのものの表象行為（記述の読み、朗読、輪読など）に関するプロセスであり、②受け手が受け取る受け取り方つまり感受の主観的思索に関するプロセス、③詩そのものの考察（推測を含め）と、内容の特定化と自己の中で仮判断を行うプロセス、④③で仮判断した仮定義の詳細な詰めの展開を試みるプロセス、次いで⑤仮定義の検証プロセスを経て、⑥解釈の決定を行うプロセスで構成され、最終決定に不満足が生じる場合は、前述の①〜⑥を繰り返して一定水準まで高める行為が行われる。

さらに人間の脳、記憶域の中には3つの特徴的概念のDBが存在すると考えられる。一つは①幼少から蓄積した知識、知恵によって整理されている知性的DB、②主観、感触など感覚（五感）を主とした経験値的なDB、③そして①と②のDBが接合し重複しているDBで、知性と感覚が重なり合って形成している部分のDBを指す。その部分は縦横的、複合的一体関係にあると思われる。

そもそも①と②のDBは完全に独立して存在しているのではなく、有機的な複雑関係にある。詩の形態によって知性が主で経験知が従、あるいは時としてその逆もありうる。換言すると、あるケースでは①が②のDBを刺激して考察する場合。あるいは②が①のDBを掘り起こす萌芽関係を示す場合など、詩のテーマ、内容によって優先順位が可変する性格のDBである。もちろん③のDBも①と②のDBと密接に関係している。その関係性は思考が発芽する形態によって、因果関係、主と従の関係、主と主の関係およびその他連通関係、照応関係などの複雑関係を生起する。人間にはこれら三者のDBが部分的接合（重複）して形成されていると思われる。

個人という人間の営みを支えている生物の脳がつかさどる意識について、ユングは次のように述べていると入澤[8]はいう。個人の意識の底には、「集合的無意識」あるいは「神話的類型」が存在している。人間には、「太古以来蓄積されてきた巨大な無意識の層（遺伝的に伝えられている可能性）が存在し、これは個人や民族をも超えた人類共通の心的基盤であり、芸術的発想と芸術的感動の母体である」と述べている。「神話的類型」とは、我々の祖先がしてきた無数の典型的な体験の集積が一定の形をとってあらわれてきたものである。人間が感じる原イメージの一つ一つには、人間の心理と人間の運命の一断片が、われわれの祖先が無数に体験し、しかも平均すればいつも同じ経過をたどった哀歓の一断片が含まれているという。このショッキングな考え方は、「地球に存在するすべての人間の心奥には、有史以来、人間が培ってきた無数の体験の成果を、現代に生きる人間の深層に埋め込み、われわれはそれを活用して生きている」ということを示している。これまで脳科学が解明したことは、人間の遺伝子には生まれながらにして、相当の情報量が書き込まれているというレベルであるが、この仕組みは一体誰が、いつ、どのようにして行われているのか、不明の謎は深まるばかりである。しかしおそらく数十年先には人工知能が構造解明を見事に実現して、不可解な謎は解消すると期待したい。しかしともかく、観念的には理解できる「神話的類型」による集合的意識の展開」を作者は意識しながら、詩作に励むべきだと思われる。

ここで問題にしたいのは詩としての創造物（アウトプット）についてである。たとえ未熟な詩であっても根本的疑問点が消えない。疑問点は、詩という文字（言葉）を放出して、解釈は受ける側の五感や意識に委ねる考えでいいのだろうか、という点である。この疑問点について諫川氏は、「作者の主義主張や主観を前面に出すのは、一方的な押しつけになり、読者に満足感を与えない」と忠告している。ここで重要なことは、「主義主張を詩の中に持ち込まない」こと、読者の目を尊重して「一方的丸投げ」は避けることの2点である。「主義主張、主観」については真っ向から反論したい重要点であるが、この点は後述する。ここでは「丸投げ」と読者側の受容の仕方「受容美学」について考えてみたい。

「読者の満足感」を得るために、「一方的押しつけ」は避けるべきという主張には、作者側の満足感が欠如する懸念がある。「何か」を伝えたい意思を適切に表現するために、読者の満足感に配慮する必要があるのかと反論したい。その配慮が人間対人間関係に甘えを共有する構造ではないのか、ゆえに詩の進化は足踏みしている、という疑問が払拭できない。従って、詩の進化のためにも、読者の満足感を高めるための詩作スタイルを刷新すべきであると考える。さらに「押しつけ」は、解釈側の受容資質に左右される。人によって、「押しつけ」と受ける度合いは強弱があり一様ではない。これらから、「押しつけ」を詩作スタイルに留意する必要はないと考える。というより、詩作スタイルは「押しつけ」を完璧に排除して記述することは不可能であり、とうてい「押しつけ」の範囲を逸脱しないとも思えるのである。「丸投げ」「押しつけ」の詩作は、何かに窮乏して放浪している人間の心に突き刺さって悲鳴を誘発する。あるいは歓喜の涙を流すことを誘発するかもしれない。しかしその影響は、受容の印象が脳裏に突き刺さっている間、動揺が続く瞬間的時間内のインパクトにすぎないのではないかと思えるのは私だけか。

受容の考え方として、隣接する解釈学を含めて斬新な概念「受容美学」の考え方が提唱された。「受容美学」はハイデカーの「現象学的存在論」に端を発し、一九八〇年代初期に作品の意味形成に関する読者の関与についてヤウス[9]が掲げた理論である。ヤウスの理論の前提条件として、以下の容認が求められる。それは、そもそも作品とは読まれてこそ、読者から読書へと受け継がれ、その度ごとに新たな理解を喚起する限りにおいて意味を持つ。ゆえに作品は何かしらの意味を持っていると期待されるから読まれるのである。作品とはそういうものである。

ヤウスは受容美学の根本理論は、「作品を受容するとは、作品を分析し、記述し、反省し、批判し、評価し、完成させ、さらに別の作品の再生産へと連鎖してゆく能動的受容によって、作品の価値（歴史的、芸術的、美的）が形成される。」ゆえに「受容とは生産や記述の象限も含めて、あらゆる芸術行為の根源なのである。」と定義した。さらに「美学は受け手（受動性）がどのように受容するのか、作品側から見れば、作品が受け手にどのような作用を及ぼすのか（能動性）、という受動性と能動性がある特殊な経験においては同時的になることで、美学は明らかになる」と述べている。受容の美学は経験（実体世界での現象または事実）のなかで受け手と送り手が開花させると言及しているのである。

さらにイーザー[10]は、ヤウスの受容美学の概念を発展させ、個々の読書行為の内、効果と反応の最適状態を求める考え方「受容美学の作用」を発表した。イーザーの「受容美学の作用」の理論根拠には、テクスト理論（差異を本質とする記号の織物をいい、レパートリー、ストラテジー、現実化の三条件を含む）を利用した。イーザーよると、テクストは「図式化された見解」であり「骨格だけを提供するに過ぎない。」したがって「読者が、これを具体化する。」という。すなわち「読者の想像力によって肉付け」してゆくことが求められる。この読者の行為が相まって「受容美学が作用される」と述べている。つまり、受容美学の作用は、読者の資質に依存し、読者に有効性が委ねられているというのである。

さらに読者のタイプには、超読者（リファテール）、精通した読者（フィッシュ）、意図された読者（ヴォルフ）が存在して、一層複雑さを増加すると述べている。

詩は「丸投げ」と読者の「受容美学」に委ねられていると述べたが、これを詩の狙いとするのか。そこには何があるというのか。詩作に心が瞬間小躍りするだけのものに何かの価値を見いだせるのか。いくら言葉を研ぎ澄ましても、所詮、言葉の遊びにゆれている。さらに藤沢令夫[11]は、「言葉はしょせん、『事』の『端』でしかない」と見下している節がある。現象の中に動態的な事実、真実は存在しても永劫不滅の絶対真理はない。これを詩というのであれば、詩は利那の文学と言っても過言ではないと思える。そうなると、人間が持てる有限の時間の中の「感受の態様を文字にあてはめる遊び」といえるのではないか。そうならば、このままでは詩は間違いなく瓦解する。その危機が目前に迫っていると思える。

（２）人工知能の進化が詩の滅亡、さらに人間の尊厳を冒す

詩の崩壊危機は人工知能の出現によって一気に顕在化してきた。近い未来に詩は無機物の人工知能に負ける。負けるという表現を回避するならば、高い確率で人工知能に代替されて

いく運命にある。周知のとおり人工知能は猛烈なスピードで進化して人間に追いつき、やがて越えてゆくとマスメディアが最新の研究成果を喧伝している。その動向には、将棋の分野では、世界コンピュータ将棋選手権が一九九〇年（日本）で開催されて以来、競ってソフトウエアが開発されている。人間との対戦でも圧痛的な勝利を収めている。囲碁の分野ではアルファ碁（Google DeepMindによって開発）と呼ばれてプロ棋士と人工知能が対戦し、人工知能が勝利している現象が事実として存在している。あるいは、グーグル（ＡＩ開発プロジェクトチーム「Google Brain」）はＡＩによる詩の生成例（未だ稚拙ではあるが）を公表している。さらには、最近最も注目されている分野には、安全運転自動システムや運転支援システム（衝突防止やハンドル操作など既に大半は実現）、および全自動運転（完全な自動運転システム）の実現が目前に迫っている。これらはホットなニュースとして世界に反響をよび、少なからず世界の人々を震撼させている。

詩を論じて長き時間が経過しているが、そもそも詩の定義は存在しているのか。詩の崩壊危機が予測される中で、改めて「詩の原理」を探究したい意識が浮上している。詩の定義のメカニズムはどういうフレームと構成要素なのであろうか。詩のプリンシパルは普遍的な公準として何なのか、どこかで誰かが明文化しているのだろうか。あるいは根本的疑問として、詩とは何を既定しているのか。少なくとも人間の手による創作詩を唯一、詩と呼ぶのか。ならば、人工知能による創作詩は、はたして詩と呼ぶことができるのか。疑問が新たな疑問を生む局面が生起した。この疑問は科学技術の進化が新たな課題を生じせしめたのである。人間とＡＩの共存を模索することが必要な時代になったのである。

人工知能はＩＣＴ（情報通信技術 Information and Communication Technology）を基盤として、情報科学、認知科学、脳科学、生命科学（生物学）、心理学、言語学、社会学、応用倫理学、ロボット工学などを包含して発展している。この進化は関連する技術や生医学の分野を必然的に巻き込んで、飛躍的に促進せしめるバネ的な役割を担い、多大な成果を示している。

レイ・カーツワイルは二〇四五年問題として、心を持たぬロボットに人間が負ける日が来ると予測した。この状況を喜ぶべきか悲しむべきか、議論はつきない。しかし確実に人工知能が人間を超えて成長する時代（技術的特異点：Singularity）が二〇四五年以降に来ると発表し、衝撃の警鐘を展開した。さらにその延長にはポスト・ヒューマン（人工意識、Artificial Consciousness）が誕生する可能性があると予測している。人間の意識を無機物の人工意識が代替するのである。ロボットに内在された人工意識は、一定レベル以上の能力水準を保有していることは容易に推測できる。場合によっては特異性に富んだ個性的な人工意識なども開発され実用化されるかもしれない。さらに恐怖なエレメントは、人間固有と思われる倫理観をも人工的に生産物に組み込まれることが可能になることである。人間が人間として存在する唯一の価値である「人間の倫理」さえ侵犯される危惧がある。人間の基本的要件への浸食、人間権の放棄がどこまで許容されるのか。人間の尊厳確保と人工意識のせめぎ合いが始まろうとしている。畢竟の課題として、人工意識にどの範囲までを人工物に注入することが許容されるのか、生命倫理との接合問題の整理は、人間の存在意義をどう定義し、不可侵領域をどう切り分けるのか、根本的な再定義が求められる時代を向かえようとしている。人間が人間として、悠久に尊厳を確保して存在するための意義を新たな価値観として規範化することが、今求められているのである。我々人間は、この課題に真正面から取り組むことが急務であり、決して予断は許されないことを強く意識すべきである。

さあ人間よ、どうする
今こそ目覚める時ではないか
改革の狼煙をあげて
思考と創造の未知なる空想世界を開墾しなければならない
我々に時間の余裕はない
ここに時があるうちに

（3）人工知能は詩作プロセスの再設計を促している

詩作は外部環境（物理的、心理的、社会的、経済的環境を含め、個々人の人間を取り巻く環境を構成するすべての物的、心的要素）の状況、情景を（生物を維持する機械装置として）受容器官を経て脳（心・魂）が、本能的、主観的感性を作動して、蓄積された言語のなかから最適な表現としての言葉や記号を取捨選択して記述する。幾度となく繰り返して落ち着くところで終了するが、この終了レベルを満足レベル、理想レベルのいずれにするかは個人の完成意欲意識に委ねられている。この詩作サイクルで最も難しいのは、外部と交換する感性力と言葉の当てはめと考えられる。換言すると「外在化の作業」といえる。外在化の作業とは、自分の物にしていない形象を意識の中に取り込み、曖昧な状態の物を明確化するための作業を指している。この行為を想像といい、この優劣は詩の生命を左右する。つまり創造的想像力は作品の中で成立するが人的資質に依存して成立するのである。

感性力は、人間が生物機能として具備している五感覚（視覚、触覚、臭覚、味覚、聴覚）と直観・想像力に依存するものである。これらの感覚は生活環境との関係で育まれることになる。

言葉の当てはめは、個人の私意、価値観、思考力、倫理観、知識力および心身の健康状態などに左右されると思われる。山内志朗[12]は『天使の記号学』のなかで、「言葉は状況に適用するのに必要なのは、言葉の概念的理解だけではない。意思（意志）がなければ、状況に適用することはできない」と述べている。続けて「意思は、言葉が状況に適用しているかどうかが決まる因子であると同時に、言葉を適用するための必要条件となるものだ」としている。つまり、言葉の当てはめは、意識する意思が働いていなければならないと指摘しているのである。この諸行為は詩作の標準的な最適化行動サイクルの重要なフレームであり、感受シーンの束（集まり・イメージ）を幾つかに分類（グルーピング）して、配列の優先順位を定めて、まとまりのある文章として全体像が明らかになり、納得がいけば完結することになる。

ここでいう完結の意味は、入澤[13]は次のように述べている。文学作品には一定の要件があるとして、入澤はマラルメ[14]の「詩の危機」のなかの記述を拡張して、下記の通り提言する。「文学作品とは、幾つかの語、句、文、節（そして作品）から作った呪文のような、国語のなかにそれまで存在しなかった新しい一つの語を作る」。そしてこのように成立する作品、それは数多のイメージを豊かに含む一つの場ではなく、「それ自体が一個のイマジネール（想像的なもの）に他ならない一世界」を示している」、と述べている。

詩作でのキーファクターとなる工程は、外部環境（物理的な自然、各種現象、人と人、人と自然、人と自然と人などの複合関係、生物およびそれらとの関わりなど）の状況を認識する感性と言葉のあてはめにあると考えることは前述した。これが詩作のＫＦＳ（Key Factor of Success 成功要件）に相当する。

ここで注意すべきことは模倣という邪魔者がつき纏う。どこまでが模倣でどこからが創造なのか、明確に区別がつきにくい。その要因には、意識には顕在意識と潜在意識があり、顕在意識はともかく潜在意識については明確に言い表せない。そこで模倣について若干整理してみよう。

入澤[15]は、模倣には3つのレベルがあるという。①のレベルは、独創性の欠如、他人の猿真似として、はなはだ忌むべきもので、創作行為から排除されるべきものというレベルのもの。②のレベルは、アリストテレスにみられる「芸術とは模倣である」というレベルを指す。

アリストテレスは芸術一般そのものが「模倣：ミメーシス」とした。それは、模倣は人間の本性であり喜びであるという考え方に基づいていると考えられる。これは彼の師プラトンが提唱した「詩人は理想の共和国の市民権は得られない」とする考え方を下敷きにしていると思われる。

③のレベルの模倣とは、①レベルの模倣のように消極的・否定的な意味合いではなく、より広く、既成の作品（神話、伝説等）との内容的照応関係（引用、言及、暗示、照合等）の一切を含むというこの水準には、②レベルの「現実を超えた真の実在の追求」という概念も究極的には包含するとしている。このやっかいな模倣を考える際には、さらにやっかいな問題が横たわっている。それは「文学は人間の言葉を材料として組み立てられる」ということに依拠している。人間の言葉あるいは記号についての問題は想像力と同様次回のテーマとしたいので、ここでは割愛する。

詩作の技術（生物学的要素などを含めて以後技術と称す）は以下のように集約されると思われる。①人間が存命中に外部から認識する感受のシーンは数万～数十万、あるいは数百万に及ぶかもしれないが、たかがその程度である。その感受のシーンごとに感知する仕方を洞察し、この感受シーン毎に②言葉をあてはめる技術。これを③語・句・文・節および文章、リズムを織り込んで分りやすくデッサンしたり、映像、音などの表現形式を利用して、成果物としてアウトプットすればできあがる。さらに適切に表現しているか否かを④評価して、修正を繰り返して完成水準を高める。これら①から④の詩作サイクルはデープ・ラーニング

（Deep Learning深層学習）技術を活用して、人工知能が自ら学習しながら進化する技術として開発されつつある。これまで五感は人間固有の能力と思われていたが、すでにＶＲ（Virtual Reality仮想現実）の世界では、人工知能により代替機能として開発され、驚愕の進化を遂げている。

他方、もう一つの重要な要件として外部との交換に関する問題が残っている。人間が生涯で体験する外部と交換する感受シーンを一〇〇万シーン、いやもっと増えて一〇〇〇万シーンと、ほぼ無限近くに及んでも、各シーンを集積して蓄積（標準のデータベース化）すれば、たとえビックデータになろうともＩＴの強さが発揮され難なく解決される。これから五〇年、いや一〇〇年、遅くとも二〇〇年後には、様々なモデル検証を経て実現すると推測できる。

2．新しい局面への提起

（1）「生活の哲学（仮称）」の提言

哲学はもはや「万学の女王」の王座を去り、領導してきた「理性」の特権的地位も今や満身創痍といっても過言ではない。[16] 哲学は「中心を喪失」し終焉したともいわれている状態である。

しかし私は、哲学の有する有効な武器を利用して、詩の崩壊を未然に防ぐとともに、詩の新たな優位性を確立することを目指して、新境地を開拓するための提言を展開したい。

これまで哲学と詩（芸術）の確執について、過去から現代まで繰り返されてきた出来事を簡潔に整理して、詩の位置づけを再確認することから始めよう。

プラトンはソクラテスの名を借りて、「真実の言葉には哲学」を、「偽りの言葉には詩」をといい、さらに「詩人たちの語りは模倣を通じて行われる」と糾弾し「詩人たちの追放宣言」を彼の代表作『国家』のなかで述べている。彼は完全に哲学が芸術（詩）より上位に存在すると認識したのである。この認識は、プラトンの前後する時代（哲学万能の潮流が溢れた時代で、幾多の著名な哲学者が輩出した）では、当然の帰結かも知れないと思える。それから随分と時間が過ぎ、哲学よりも詩が上位に存在すると言い放ったバディウー[17]が登場した。

バディウーは、哲学と詩の関係について、『哲学宣言』で「哲学者不在の時代の詩と詩人」についての章で、哲学（思想）と関係の深い詩人として、ヘンダーリン、マラルメ、ランボー、ペソアなどを挙げている。これは哲学者不在の時代に、哲学がマラルメやペソアたちの詩人に魅了され、哲学が詩に縫合した時代の出来事である。本来であれば、哲学が取り組むべき真理について、これまでは哲学が最も得意とされてきた分野に、例え哲学者不毛の時代だとしても、「形而上学的な詩」を掲げ果敢に挑んだのである。この功績は哲学の停滞の打破を促すうえでも大きな警鐘であったと思える。この詩人たちの最大の功績は、詩に哲学的思想を持ち込んだことであり、混沌とした現代の社会の悩みを解決するヒントを哲学に求めるべきという点において、先駆者としての先見性を評価すべきである。しかし残念ながら、それらは形而上学の世界を示した詩であり、現代の悩める人たちが内に秘めたる悩みに有効なものではない。

シェリング[18]は、哲学に対して比較優位にある詩の存在性について言及した。それは哲学が真理を示すことはできても、それを把捉することは出来ない。しかし、詩（芸術）こそが真理をとらえることができ、この意味から「芸術とは、真理の現実的な身体」であると述べている。つまり哲学は真理を探究するための武器としては有効であるが、真理の実態を摑むには一工夫も二工夫も必要であり、だからといって、必ずしも的を得るとは限らないと指摘しているのである。

ハイデカー[19]は、真理を陳述の正しさとする認識に立って、「存在の明るみ」としての存在問題へと転回させることで新しい展望を開き、独自の芸術＝真理論を展開した。その考えは、芸術作品の根源のなかでは、真理とは「明るみと隠れとの拮抗」であり、「開示と隠蔽」との戦いであり、そのような「真理の生起」が実現する場こそ芸術作品に他ならないと主張した。さらに、「存在するものの明け開けと伏蔵との闘争」としての真理は、詩作することによって生起する。すべての芸術（詩を含め）は、存在するものそれ自体の真理の到来を生起させる、その本質において、それは詩作である、と結語している。その依拠として、「芸術の本質は、真理がそれ自体を作品の内へと据えることである」といい、詩は本来真理を追究するという性を内在していると考えたのである。

以上これまで、詩と哲学の確執を簡潔に確認した。この経緯を踏まえて詩の高まりを追究し、継続的存続の成就を成し遂げることを希求して「生活の哲学」概念について、哲学に一層の奮起を求めることを加味して、詩の新しい形の狙いと目標概念について述べてみたい。

既存の哲学は衰退傾向にあり、現在大きな変換点をむかえていると篠原[20]は述べている。その原因の一つには、余りにも現実世界と隔絶した形而上学的精神世界に立脚している様相があり、実生活空間の人間との乖離が大きすぎることが考えられる。実世界では自然破壊、環境破壊による深刻な大気汚染、異常気象がもたらす甚大な風水害の発生、原子力利用を要因とする放射能汚染などが安全で安心できる生活環境を破壊している。他方、人間関係の破綻は、貧困の広がりとその連鎖が浸透し、希望の持てない社会が蔓延り、絶対格差の社会構造が形成されるという悲惨な状況が現生活者を襲っている。しかし他方、哲学は原理、原則のイデアに閉じ籠り、思想はすべての声を容認して逃げ回り、哲学と思想は厚い古書のなかに埋没してしまった。現生活者の悩み、安全で安心できる社会の再構築に、何ら答えていないばかりか解決のヒントさえ示唆していない。この状況では不用の遺産となり、ますます傍流の知見となり下がる。そこで、ここでは、転換すべき詩と哲学の方向感について、稚拙で思いつきのレベルだが簡潔に私見を述べる。

これから述べる「生活の哲学」を求めている最大の理由は、「詩作は実空間で行われ、そして完成している」。この事実のもと「生活の哲学」は詩作の土台として成立し生き延びるべきであり、その基軸は「生活の哲学」を手足（生活の中で一体化して）として、自由空間で詩作するという考え方に基づいている。「生活の中で自由に」とは、以下の考え方を基にしている。アリストテレスは、「人間の幸福は単なる所持になくして活動にある」と述べている。この意味は、有徳な働き、つまり完璧なる徳行とは、純粋思惟の働き、知的観照であり、これこそが最高の精神活動であり、最高の目標を持ち、最高の喜びを与えるという考え方である。この考え方を三谷[21]は主我的幸福論と名づけている。そして、三谷は人間の快（幸福の実感）は「生命の凝滞なき生動が快の本質である」と述べている。

つまり「自我を阻まれず、他物に制約せられず、自立自足自適して凝滞なき生活」こそ幸福だと言及しているのである。しかしこの考え方はやがて行き詰まり、「自己超越的幸福論」を展開した。この考え方は、「主観的形式ではなく、客観的な実質にある」として、洗練された幸福主義を求めるべきだとした。そのためには、「人格を超えろ、超えたかたなにこそ真に超個的なる全体的価値と原理がある。それは人生の目的は己を超えたる彼岸にある」という三谷の根本思想に依拠するものである。そして、「没我的献身が人を真に活かし、それをして真にいのち充ち溢れせしめる」という彼の人間観を裏打ちしている。この幸福観をベースにして新しい概念は成立している。

私が提唱したい哲学とは、生活視点からのアプローチを重視する「生活の哲学」を目指すべきとする考え方である。「生活の哲学」のおぼろげな概念とは、精神世界の形而上学を中心として縦横に展開する思想、例えば哲学者の深層での真理の探求などを主とした原理、原則を求める思想や哲学ではない。思想や哲学に精通していない、哲学関連の未習熟者の人々を主対象範囲として、現実世界に役立つための哲学。実相で活動する彼らの生活に密着することを狙いとした「現実世界の人間への貢献」と「従来の概念範囲を超越して、生活表象への密着」を求める哲学。つまり地球上のすべての人間に対して、日々の人間生活から生起する悩みの現象あるいは事実、さらには真実にむけて、有益な精神的テクスト（精神面を対象とした応用可能な適切情報）を提供し、現象、事実、真実から受ける影響を緩和することを狙いとする。様々な現象から発芽する悩み、精神的痛みやコンフリクトを緩和、解消する、あるいは受け入れるための要件を解明し適切な診断と処置情報を提示する役割を担う哲学。寄り添いや看取りやグリーフケアといった間接的対処療法ではなく、あくまでも自らが自力で解決する、解消する、あるいは受け入れるための「新たな応用できる哲学」を待望し生活の哲学と仮称した。

この考え方をさらに進化させるためには、従来の専門分野毎の分担・枠組み・範疇を超えて三位一体のメカニズムが必然であり、これが中核になると想定する。三位とは、①脳を中心とする生物科学を指し、この機能は生命の正常維持を図りながら思考、意思を司る機関(生物体としての器の正常な継続維持)であり、②認知科学を指し、これは多様な人間の思惟、個の意識を、自由にダイナミックに縦横に拡張する構造(思惟の宇宙)を保証し、思考活動そのものを行為する(思考の行為)機能、③広範な哲学を指し、哲学の強みとして思考のベクトル、洞察、彷徨(ループ)の脱却統制、思考範囲の拡張と思考の是非の判断や意思決定を支援する原理、原則および関連情報を提供(思考の潤滑油として、悩みに対応する標準的ガイドラインと適切なアドバイス)して、活動成果を向上させる機能を担う。

これらの三位一体理論が「生活の哲学」を支え詩の継続的存続を可能ならしめる。そして三位一体構造の推進こそ詩の水準を飛躍的に向上させると目論んでいる。そして、三位一体理論の最上位に人間の尊厳ともいうべき「倫理規範」を配置して、詩作活動を実践することが求められる。これにより「人間の手による詩の存続」が可能となると考える。さらに、人間の実生活を支援する側面では人間の究極目標、あるいは生存する意義として「絶対幸福」(幸福感は個人の考えに依拠し、個別に独立した幸福感があるはずだ。この意味から絶対幸福としたが何の確証もない。この表現が果たして適切か否かを含めて今後の探究を待ちたい)を摑み取る手助けを行うのである。哲学の存在価値は、人間が求める時に、求める場所で、求められる形で、適切に支援し、万人に役立つことにあると、これまでの旧理念をパラダイムシフトすることが求められる。絶対幸福は個々人の価値観によって千差万別な態様があり、例えば「真理の探究」もその一つと考えられる。ダンテは『神曲』天国篇第二八歌で「真理は知性に安息を与う」と讃し、トマス・アキナスは「人生の目的は真理観想の至境に到達する」ことが「至幸至福の境地」という(22)。

ここで述べた広義の哲学、あるいは求める哲学は、三位一体構造の変容に成功すればこれからも悠久に存在するものと考える。そして詩は哲学を手足にして、しばらくの間は、次の新たな危機が来るまでは、生き延びることができると確信したい。

(1) バートランド・ラッセル　イギリスの哲学者、論理学者　ノーベル文学賞受賞　一九七〇年没　代表作品『哲学入門』他　『哲学03―言語／思考の哲学』岩波書店　二〇〇八年　一六頁より加筆引用

(2) 諫川正臣は㈳日本詩人クラブ元理事・元詩の学校校長、元千葉県詩人クラブ会長、「黒豹」主宰、代表作品『美しい繭』『春の仏』など　二〇一五年没

(3) 共振力は澤田直『哲学07―芸術／創造性の哲学』岩波書店　三四頁より加筆引用

この考え方は、ペソアが「詩人とはふりをする者」という概念に端を発し、詩は模倣か類似か擬態かという論戦が巻き上がり、心という意識が擬態と化して様々なものに変容するという考え方に一応の決着がついた。

フェルナンド・ペソア　ポルトガルの詩人でポルトガル・モダニズムの旗手。一九九三年没　代表作品『ペソア詩集』他

(4) マーシャル・マクルーハン　カナダ出身の英文学者　メディア研究の第一人者　代表作品『機械の花嫁』他　前掲書一二六頁より引用

(5)ジル・ドゥルーズ　フランスの哲学者でポスト構造主義思想を掲げた第一人者　代表作品『意味の論理学』他　前掲書一二七〜一二九頁より引用
(6)前掲書十一頁より加筆引用
(7)入澤康夫　日本の詩人　フランス文学者　『詩の逆説』書肆山田　二〇〇四年　三二〜三四頁より加筆引用
(8)前掲『詩の逆説』一九頁より加筆引用
(9)ハンス・ロベルト・ヤウス　ドイツのフランス文学研究者　一九六七年「文学理論への挑戦としての文学史」を発表　前掲書　九二〜九三頁より加筆引用
(10)ヴォルフガング・イーザー　ドイツの文学研究者　二〇〇七年没
『行為としての読者――美的作用の理論』岩波書店　一九八二年　一一〇頁
前掲書九四〜九六頁より加筆引用
(11)藤沢令夫『イデアと世界』岩波書店　「一章　言葉―言葉への態度」より引用
(12)山内志朗『天使の記号学』岩波書店　「第一章　天使の言葉」一六頁より引用
(13)前掲『岩波講座　文学2　創造と想像力』岩波書店　一九七六年　一二六頁より加筆引用
(14)ステファヌ・マラルメ　一九世紀フランス象徴派の代表的詩人　一八九八年没　代表作に『半獣神の午後』『パージュ』『詩集』『骰子一擲』他
(15)前掲書一二〇〜一二一および一二三頁より引用
(16)前掲書viより引用
(17)アラン・バディウー　哲学者　『哲学宣言』黒田昭信、遠藤健太訳　藤原書店　二〇〇四年　前掲書二八〜二九頁より加筆引用
(18)フリードリヒ・シェリング　ドイツの哲学者　一八五四年没　ドイツ観念論を代表する一人　代表作品『芸術の哲学』他　前掲書二九頁より加筆引用
(19)マルティン・ハイデカー　ドイツが生んだ世界的哲学者　一九七六年没　代表作品『存在と時間』他
『芸術作品の根源』関口浩訳　平凡社　二〇〇二年　前掲書三〇頁より加筆引用
(20)篠原資明　現京都大学院教授　『トランスエスティーク―芸術の交通論』岩波書店　一九九二年
前掲書v、viより加筆引用

（21）三谷隆正『幸福論』岩波書店　五四～五八、六四～七四頁より引用
（22）前掲書二〇四～二〇五頁より引用

あとがき

（1）母の逝去

この詩集の初稿直前に母が逝去した。母智恵美は96年10ヵ月を生き抜いた。幼少期は裕福な家庭で育ったが、若くして夫を亡くし三人の子供を養育するために、広島の実家に帰省して行商人になり、三十余歳にして初めて収入を得る仕事に就いた。その後の母の人生は艱難辛苦であったが、見事に三人の子供を育て上げて往生した、波乱にみちた母の人生。母の両親はもとより、兄弟姉妹の全員を看取って最期にみまかった。母の終着点は運命と思えるほど見事であった。ここに、生前の母の気骨で快活で懸命な生き様に、深い感謝と寂寥の情念とそして心の底から弔意を示したい。これからは母の生き様を誇示して生活の糧にしてゆきたい。

無意識の時空で繋がる見えざる糸は無音を纏いほどけてゆく
今、母が目を閉じた
安息の流布をもたらすやさしい糸は見えない空間に隠れ

母は逝った
真新しい木箱に横たわる肌から素気が抜けて
こわばる顔
知らない母の真顔
それほど、死路は孤独なのですか

生を謳歌した頃の柔らかな遺影の顔
私の知っている顔
溢れる笑顔に吸い込まれてゆく
写真に入りこんだ母の姿態は
こんなにも小さい

奇妙な落差は小さな空間で交差して

私も
少しだけ生を楽しんで其方に逝きます
切れた凧はどこに飛んでゆくのか不安ですが
しばしのお別れです

母の
生き様と
無窮の愛情と
生の受容に
永遠の深謝を

どうか
労苦の糸
悲哀の糸
惜別の糸
親子の糸
愛情の糸
すべての糸を消して
無の中にお休みください

（2）あとがき

私はどこで出生したのだろうか定かではない。私の記憶のなかに、確かな情報として刻まれてはいない。幾つかの資料には無味乾燥な記述が並び、私の出生について語ってはいるが、心は微動だにしない。身近な肉親（両親をはじめ）は記述の事実が当然のように、疑いもなく盲信しているが、果たしてそうなのだろうか。私は私を自覚できない時に出生し、それ以後、幼少期の大半の情報は肉親という人たちの記憶に収まっている。こんな理不尽なことを私は納得できない。

私が明確に記憶しているのは、青年期にさしかかる頃、私の自我が私を自覚して私意を理解した以後である。それは臍のあたりの臓腑からむらむらと噴煙を巻きあげて、私の意識が自立するという衝撃の出来事であった。以来、私はこの私意を共にして生きてきた。

私は大学で経営学、大学院で経営情報学と経営学を学び博士号を取得したが、これは眼前に顕在化する難題を解決するための知識欲である。このことが徐々に生活ステージを高めてきたことは事実である。反面、百日紅を滑り落ちる猿の性癖と同じかもしれないと疑問を持った。その疑問はある日絶頂に達した。それは教えている学生から質問され、絶句して自問自答を繰り返す自身の醜聞を肌で実感した時である。これまで私は原理原則を培う根本的知見とはほど遠い世間を歩んできた。経営に関する知識、豊富な経営の経験、組織のリーダーシップ力、経営思想に関しては自負するものがある。しかし、個人の遍歴から発現する経営哲学では解けないもの。それは現精神空間を成立させている様々なメカニズムに関してはまったくの無知である。現実の生活空間で顕在化する諸問題の根源の解明こそ、これこそが私に生命を与えた命題ではないのか、と身震いしながら再認識した。これからの余生で、このテーマをどれほど探求できるのか不安に苛まされている。がしかし、このテーマに挑戦したいと密かに心に刻印している。

この著書は、詩の崩壊危機を防ぐ手段として哲学、特に生活哲学（仮称、未だ概念も未整備だが三章2の(1)に記述）の分野の本質と解明に挑戦したが、理論展開の洞察力、深掘り、論述の特定化が不十分であり、残された課題が大きく横たわり、今後の研究と探索が不可欠と自覚した。それはひとえに私の浅学な知力が原因と考えられる。先はまだまだ見えていないのが偽らざる心境である。

この著書は、『土に還る』、『自問　生意の探求』、『死と愛―死の原郷と母の慈愛―』に次ぐ、文学系著書である。これに取り組めたのもひとえに妻美恵子の支えと励ましと助言のたまものである。心から感謝の意を六九歳の今、ここに記して表しておきたい。またそれぞれの道で精励している長男敦《あつし》、次男史《たかし》、三男充《みちる》、長女美《あい》に私の子供であることに感謝したい。

砂子屋書房の田村雅之氏には、稚拙な著書の出版さらに幾度の校正もご快諾頂いたことにお礼を表したい。

２０１７年12月吉日　　中地　記す

著者略歴

中地　中（なかち・あたる）

一九四八年　徳島県生まれ

一九七四年　大阪経済大学卒業。トステム株式会社、（公財）日本生産性本部経営コンサルタント、株式会社ＮＥＣ（日本電気）総研・主任研究員、ピップ株式会社取締役専務執行役員、高千穂大学客員教授、松陰大学観光文化学部教授を経て、現在に至る

一九九三年　多摩大学大学院経営情報学研究科経営情報学専攻修士課程修了

二〇〇一年　高千穂商科大学大学院経営学研究科博士後期課程学位取得修了

現在　大和大学政経学部教授　博士（経営学）、中小企業診断士

主要著書（単著）

一九八九年　『流通市場戦略』（同友館）

一九九三年　『情報システムの診断』（ムイスリー出版）

二〇〇二年　『営業部門のデータウエアハウス入門』（日刊工業新聞社）

二〇〇七年　『土に還る』（産経新聞出版）

二〇一一年　『自問　生意の探求』（現代図書）

二〇一四年　『死と愛―死の原郷と母の慈愛』（土曜美術社出版販売）

その他、共著、研究論文、雑誌掲載等六十編余有り

所属団体・文学系

日本ペンクラブ、日本現代詩人会、日本詩人クラブ、千葉県詩人クラブ

日本臨床死生学会、日本生命倫理学会、日本観光研究学会、人工知能学会

詩誌「玄の会」同人　他

現住所

千葉　〒二七〇―二二一三　千葉県松戸市五香二―二五―二四

大阪　〒五六四―〇〇二四　大阪府吹田市高城町六―四、三〇一　シャトレーベル

闇の現《うつつ》　中地中

二〇一七年一二月一八日初版発行

著者　中地中

千葉県松戸市五香二―二五―二四（〒二七〇―二二一三）

発行者　田村雅之

発行所　砂子屋書房

東京都千代田区内神田三―四―七（〒一〇一―〇〇四七）

電話〇三―三二五六―四七〇八　振替〇〇一三〇―二―九七六三一

URL http://www.sunagoya.com

組版　はあどわあく

印刷　長野印刷商工株式会社

製本　渋谷文泉閣